ROMPRE

DU MÊME AUTEUR

Jubilations vers le ciel, *roman*, Goncourt du premier roman, Grasset, 1996.
Les cimetières sont des champs de fleurs, *roman*, Grasset, 1997.
Anissa Corto, *roman*, Grasset, 2000.
Podium, *roman*, Grasset, 2002.
Partouz, *roman*, Grasset, 2004.
Transfusion, *poèmes*, Grasset, 2004.
Panthéon, *roman*, Grasset, 2006.
Apprenti-juif, hors commerce, 2007.
Mort et vie d'Edith Stein, Grasset, 2008.
Cinquante ans dans la peau de Michael Jackson, Grasset, 2009.
La Meute, Grasset, 2010.
Naissance, *roman*, prix Renaudot, Grasset, 2013.
Une simple lettre d'amour, *roman*, Grasset, 2015.
Terreur, Grasset, 2017.
Dehors, Grasset, 2018.

Films

Grand oral, 2000.
Podium, 2004.
Cinéman, 2009.
Re-Calais, 2018.

YANN MOIX

ROMPRE

roman

BERNARD GRASSET
PARIS

IL A ÉTÉ TIRÉ DE CET OUVRAGE
TREIZE EXEMPLAIRES SUR VERGÉ JEAND'HEURS
DONT DIX EXEMPLAIRES
DE VENTE NUMÉROTÉS DE 1 À 10
ET TROIS HORS COMMERCE
NUMÉROTÉS DE H.C. I À H.C. III
CONSTITUANT L'ÉDITION ORIGINALE.

ISBN : 978-2-246-86357-1

ISBN luxe : 978-2-246-82058-1

À mon ami Albert Sebag

ORIAN. – Bientôt, il y aura entre vous et moi une séparation suffisante.

PENSÉE. – Quand je serai morte, Orian ?

ORIAN. – Et que vous soyez à un autre, ne comprenez-vous pas que cela pour moi est plus que la mort ?

PENSÉE. – C'est vous qui l'avez voulu.

ORIAN. – Oui.

Paul Claudel, *Le Père humilié*,
acte III, scène 2

AVERTISSEMENT

J'avais rendez-vous avec lui, en terrasse, par un matin de juillet trop chaud. Il est venu, bien qu'on m'eût prévenu qu'il était un spécialiste de la défection, art que je méprise. Exister par l'absence, lorsque autrui offre de son temps pour vous rencontrer, est une marque d'immaturité, mais pas seulement : c'est le signe d'un détraquement existentiel que seuls les personnages qui ne s'aiment pas acceptent d'infliger.

Inutile de broder : l'animal est venu. Je l'ai trouvé fatigué ; cernes épais, barbe de cinq jours, le débit plus lent que lors de ses multiples apparitions radiophoniques ou télévisées. On m'avait dit qu'il avait eu une année pénible. Je crus, lorsqu'il commanda un jus d'orange pressé – avec glaçons –, qu'il allait vouloir remettre notre entretien. J'eus le sentiment qu'il avait à la fois la tentation de s'écrouler et l'envie de se confier.

« Mon existence n'a strictement aucun intérêt », me lança-t-il, le sourire las. « Je suis exténué », souffla-t-il. Je le crus ; il était mal vêtu, mal coiffé, mal réveillé. « Je suis lessivé », insista-t-il. Puis il ajouta, avant de boire son jus cul sec : « Je suis laminé. »

Je savais qu'il avait dépensé beaucoup d'énergie à défendre la cause des migrants, qu'il était le seul à appeler des « exilés ». Chaque semaine, il avait la charge de participer à une émission de télévision très exposée, ce qui lui valait des menaces. J'étais, en outre, au courant (je passe pour très renseigné) qu'il tenait tous les jours un journal intime, dont le volume était faramineux. Il savait rarement faire court ; il ne voyait pas l'intérêt de la concision, cette « obsession des professeurs ». C'est pourquoi le film qu'il tournait et montait encore, au bout de six ans, et qu'il consacrait aux deux Corées, allait selon ses dires « durer sept heures au bas mot » (quel producteur, quel distributeur pour entériner ce caprice ? le mystère reste entier). L'excès semblait lui être une manière de refuge.

Je venais l'interroger sur ses projets, littéraires, cinématographiques – et autres. Il balaya d'un revers de la main tous ces sujets. « Je suis anéanti. C'est pornographique de rompre. » Avec lui, je l'avais remarqué dans ses articles, ses interventions ou ses entretiens, beaucoup de choses semblaient « pornographiques », sans qu'on sache jamais exactement ce qu'il mettait dans ce terme qui ressemblait, à force, à une valise mal faite.

Nous parlâmes de cela, rien que de cela : sa rupture. Voici le recueil de ses mots. D'un naturel paresseux, j'ai fait recopier cet entretien par une amie ayant besoin d'argent pour se payer des vacances prolongées en Albanie. Je l'ai relu, n'ai strictement rien changé, et l'ai proposé à des magazines, des revues. « Trop long. »

Je suis allé trouver, sans rien dire à l'intéressé, son propre éditeur, qui estima que ses propos improvisés, fatigués, reproduits tels quels, constitueraient (ce n'est guère charitable) son « meilleur livre ». Du moins, son livre « le plus lisible » (ce n'est guère difficile).

L'animal épuisé a aujourd'hui disparu des radars, bien qu'ayant donné de rarissimes signes de vie – il tourne ce qu'il voit, de par le monde,

avec une petite caméra amateur et se serait mis
« obsessionnellement à la guitare ». Toujours
est-il que j'ai tenu, en accord avec les éditions
Grasset & Fasquelle, à publier ce que vous allez
lire maintenant.

Olivier Nora et moi-même avons décidé de
prendre le risque de ne rien retrancher. Une
lettre reçue la semaine dernière, en provenance
de l'île de Pâques, contenait trois phrases, écrites
à la main : « J'ai décidé de bien me comporter
envers moi-même. D'être heureux. À bientôt. »

Gaspard Lenoir

Paris, 5 septembre 2018

Ça n'a pas l'air d'aller.

Je souffre. Je souffre de l'absence de la femme que j'aime, que je crois aimer. Je me trouve dans cette phase que Guitry résumait ainsi : « Je ne cesse de penser que je ne pense plus à toi. » L'absence de celle qu'on aime constitue une présence. Ce qui fait du mal, dans une rupture, ce n'est pas l'absence d'une présence, mais la présence d'une absence. Je ne peux plus toucher Emmanuelle. Son corps est parti. Elle fait des choses auxquelles je n'ai plus accès. Je n'aperçois plus ses gestes. Tout ce qu'elle vit, il me faut désormais l'imaginer. Ma souffrance oscille entre deux pôles contradictoires. Tantôt je souffre parce qu'Emmanuelle n'existe pas suffisamment, tantôt je souffre parce qu'elle existe trop. Tout m'abîme, qu'elle le fasse ou ne le fasse pas. Elle est beaucoup trop là depuis qu'elle n'y est plus.

Vous êtes très malheureux ?

Je suis en proie à ce qu'il est convenu d'appeler un « chagrin d'amour ». J'avoue que j'éprouve de grandes difficultés à affronter cette épreuve. Je suis sujet à des nausées, à des vertiges, à des troubles de la vision. De terribles envies de vomir me saisissent. Je maigris à vue d'œil ; mon dos se voûte et je ressens des douleurs aiguës dans les cervicales. J'éprouve la sensation, marchant dans la rue, que le trottoir se dérobe sous mes pas, comme si la réalité était ivre morte. Ces phénomènes, par un cercle vicieux, aggravent une hypocondrie naturelle déjà préoccupante. Je suis démoli. Marcher cent mètres m'est devenu un calvaire. J'ai la sensation d'habiter un corps cacochyme. La nuit, je ne trouve pas le sommeil avant 5 heures du matin. Au réveil, si par bonheur je n'ai pas fait de cauchemars, j'oublie la rupture, mais dès l'instant où je reprends conscience, elle me gifle. Je redeviens, le cœur battant et l'esprit vide, triste pour la journée à venir : un être humain abandonné à la peur de mourir.

J'en suis navré.

Vous n'y êtes pour rien. Mais c'est sans doute la rupture de trop. Mon programme des mois à venir est hélas tracé d'avance, car je commence à me connaître : je vais, d'abord, me cloîtrer dans son souvenir puis, sur les jours morts, je ferai pousser des mots. Un combat déloyal s'engage, que je dois livrer seul face à la tristesse, la solitude et l'ennui. Je suis le seul à savoir à quel point je suis seul. Ceux qui pénètrent dans les églises, et communient, savez-vous ce qu'ils cherchent à partager ? Ils cherchent à partager ce qui ne se partage pas : la solitude. La solitude est fondamentale. Rien ne triche moins qu'elle.

Voulez-vous que nous remettions cet entretien ?

Vous parler me fera du bien. Je m'apitoie moins sur mon sort en présence des autres. Livré à moi-même, j'aurais la tentation d'exagérer mon malheur. Je ne possède pas cette vertu, que de souffrir sobrement. La souffrance est le lieu où la dignité se montre ; j'en manque. Et chaque fois que je me souviens que je souffre comme tout le monde, un égoïsme monstrueux persiste à susurrer que je souffre comme personne. C'est *mon* amour qui m'intéresse, *mon* chagrin qui me passionne. Ma douleur me dicte que les douleurs voisines, concurrentes, étrangères, sont moins vitales que la mienne. Ce que me souffle ma souffrance, c'est que toute souffrance extérieure m'est subsidiaire. Je suis seul quand je meurs, je suis seul quand je pleure. Je suis le seul à mourir et le seul à pleurer.

Cette rupture est-elle advenue ces jours-ci ?

C'est arrivé il y a dix mois, le samedi 16 septembre 2017, aux alentours de 15 heures.

Que s'est-il passé, au juste ?

Emmanuelle avait réservé, sur l'île de Wight, un hôtel pour le week-end. C'était une belle idée, d'autant qu'elle se trouvait déjà en Angleterre pour des raisons professionnelles. Dans le train, sous la Manche, j'avais senti en moi une fatigue abyssale, due à un film, très difficile, que j'étais en train de tourner sur les exilés. La fatigue, chez moi, déclenche les pires foudres, fait advenir les situations les plus extrêmes. Nous passâmes, dans le calme sinon dans la gaieté, une première nuit à Portsmouth, dont j'ignorais qu'elle serait notre dernière à tout jamais. Au matin, nous gagnâmes l'île ; c'était une journée de fin d'été bleutée, sereine, ensoleillée. L'automne ne mordait presque rien, encore, de cette nature encerclée par une architecture du 19e siècle. Quelque chose de Lewis Carroll flottait. Nous étions bien. Nos chambres n'étant pas encore préparées – si elles l'avaient été, nous serions encore ensemble aujourd'hui –, nous fîmes, dans le jardin qui faisait face à la mer, une partie d'échecs « grandeur nature ». Puis, nous nous rendîmes dans une taverne voisine, à la cuisine infecte, pour déjeuner. Après quelques minutes passées à parler des exilés, Emmanuelle, sans raison objective, pour me pousser peut-être dans mes retranchements, me lança au visage une phrase que je jugeai outrageante, parce qu'elle eût pu être prononcée par mes pires ennemis : « Pourquoi as-tu attendu quarante-neuf années pour t'intéresser à la misère humaine ? » Je pris mon bagage et partis. Nous ne nous sommes plus revus, sauf pour nous rendre nos affaires et pleurer. Je ne puis exclure que, notre couple traversant alors une période critique, Emmanuelle eût mis en branle un dispositif de sape visant à me faire craquer, désireuse de se donner à un autre déjà repéré, déjà rencontré. De cela, je n'ai aucune preuve, même si je m'interrogeais sur ses réveils à l'aube pour aller faire du yoga : Emmanuelle était peu matinale et vit aujourd'hui avec son « professeur » de yoga. Je ne critiquerai ni ce sport ni cette profession. Je dirai simplement qu'il existe trois types d'hommes qui excluent que vous récupériez un jour la femme que vous aimez : les chefs opérateurs, les psychanalystes et les yogis. Les chefs opérateurs parce qu'ils l'éclairent, les psys parce qu'ils la vident, les yogis parce qu'ils la remplissent.

Mais de quoi la remplissent-ils ?

D'elle-même. Breton disait : « L'amour, c'est lorsqu'on rencontre une personne qui vous donne de vos nouvelles. » Nul mieux que Breton n'a résumé ce que prodigue un professeur de yoga à une femme.

Vous avez donc pris vos bagages et êtes rentré à Paris ?

À Londres, car l'heure était déjà avancée. J'ai dormi dans un hôtel sordide, non loin de St Pancras. Passé quelques instants de doute, et peut-être de soulagement, je me sentis ravagé par un incendie intérieur. Mais le mal était fait. Bien sûr, il y aurait, comme la grenouille disséquée secoue encore ses pattes, quelques sursauts nerveux, quelques éclairs de remords, des réactions contradictoires, des allers et des retours. Durant quelque temps, il y aurait du « bruit », comme disent les physiciens, et notre couple ferait semblant de se reconstituer ; mais je savais que, passé ce stade transitoire, et illusoire, s'établirait un régime permanent, où s'inscrit désormais ma vie. Sur le moment, je ne saisis pas que j'avais déclenché quelque chose d'irrémédiable. C'était flou. J'étais scindé. Une moitié de moi voulait revenir en disant « je t'aime », prête à faire des enfants, à les divertir, à les élever et même, pourquoi pas, à les aimer ; cette moitié était en train de devenir père, tandis que je fuyais la mère. L'autre moitié, la part noire, est celle qui, me portant à faire le malin, fabriquait du suicide. Le temps d'un spasme, j'avais donné ma vie et quelques enfants à une femme qui plus jamais n'en voudrait avec moi – n'en voudrait pas davantage qu'une poignée d'immondices, qu'un rat crevé, qu'un bidon d'huile rouillé, qu'un œil d'enfant mort dans sa soupe. Il est probable qu'avant d'atteindre l'embarcadère, je me fusse ainsi dix fois, cent fois dédoublé, à la façon des Sabines de Marcel Aymé, restant sur mon siège pendant que je reprenais le sinistre petit train dans le sens inverse afin de la serrer dans mes bras, la frotter contre mon torse et lui présenter des excuses. L'amour définitif à l'égard d'Emmanuelle est ainsi né à la seconde précise où il s'est achevé. J'épousais Emmanuelle dans mes pensées, dans mes rêves, dans mes vœux. Je n'étais pas clairement conscient que ce que j'étais en train de vivre était bel et bien « l'instant de la rupture », l'instant chimiquement pur, isolable en laboratoire, de la rupture. Cet épisode colérique ignorait, tandis qu'il se déroulait, qu'il resterait jusqu'à la fin des temps comme l'instant officiel de la séparation : si on l'avait interrogé, il eût répondu – à juste titre – qu'il n'était qu'un simple pan du temps, totalement ignorant de son importance. Au demeurant, cette date même du 16 septembre 2017 n'avait pas semblé m'élire, me choisir, pour fabriquer de la douleur, ni pour donner le départ à toutes les souffrances qui viendraient se jeter en moi par la suite à la façon d'un fleuve dans sa mer. Elle n'était pas encore une date-bourreau, une date de référence, une date historique de ma chronologie intime. Elle ne représentait alors strictement rien dans ma biographie.

*Vous ne réalisiez pas que, laissant Emma-
nuelle toute seule sur cette île, vous alliez la
perdre à tout jamais ?*

Pas immédiatement. Je faisais confiance à
mon énergie, à mon imagination : j'ai toujours su sauver *in extremis* l'amour agonisant.
Ce que je voulais surtout, c'est qu'Emmanuelle
fût persuadée que je la quittais. Une zone de
mon cerveau n'était pas dupe et devait penser
que je ne faisais que jouer. Hélas, mon charme
ne permit cette fois aucun miracle. Je fus pi-
toyablement pris à mon propre piège. À avoir
voulu, par puéril défi et vraie-fausse susceptibi-
lité, fréquenter les abords précipiteux de la rupture, j'en suis maintenant la victime démesurée.
Me voilà seul, idiot, triste – et couvert d'oubli.

Vous n'avez pas pensé à revenir sur vos pas ?

J'étais tiraillé. Partir fut une impulsion ; mais
cette impulsion, je fis le choix crâneur de la
faire durer. Il n'est pas si simple d'étirer un coup

de tonnerre. Dans *Le Père humilié*, la pièce de Claudel que je préfère, Orian lance à Pensée : « Dans un instant je vous aurai quittée. » Elle lui rétorque : « Est-ce qu'il est si facile de s'en aller quand je suis là ? » Ce ne fut pas facile ; je le fis pourtant. Sans doute, je présumai de mes forces et de mon pouvoir d'attraction. Cela serait à refaire, j'éclaterais d'un rire sonore, et la saillie malencontreuse sur la misère humaine serait enterrée. Sur ce fameux bateau vers Portsmouth, je ne pris pas la mesure de ce qui m'attendait : une présence au monde amputée, une existence horrible, le prolongement infiniment dilaté de ce départ. Je ne connais meilleure définition de l'enfer que l'absence. Un point du temps qui s'épaissit, jusqu'à saigner. Un point qui se déploie, puis s'éternise. Je ne perçus pas instantanément que cette absence de poche, que cette démission miniature était appelée à s'étendre, comme s'étendent les nappes de pétrole sur les flots, jusqu'à recouvrir les semaines et les mois à venir, à perte de vue. Ce minuscule extrait du temps, ponctuel, où je commis l'erreur de ma vie, voilà qu'il s'est amplifié jusqu'à devenir un cosmos invivable, inaccessible à tout bonheur humain. Je dois y séjourner, pourtant. Non dans la seule contemplation, suppliante, de ma douleur, ce qui serait trop simple, mais dans l'exercice de la vie sociale, dans le labyrinthe des conventions, dans l'exigence d'un métier. Il me faut faire face à l'épouvantable réalité sans jamais en trahir les signes. Mon avenir est pollué jusqu'à l'horizon. Pas une terre n'y est vierge de souffrance à affronter. J'entrevois, tuméfié par avance, l'été brûlant à traverser sans son amour, sans ses intentions, sans sa voix. J'ai saccagé ces saisons, que je vais devoir vivre comme un criminel ses jours de prison.

N'avez-vous pas essayé de réparer les choses ?

Pas au début. Bien au contraire, satisfait de ma liberté recouvrée, je crânais. Léger, j'arpentais le pavé parisien, ivre de solitude, avec le plaisir de n'avoir plus de comptes à rendre à quiconque. Le couple m'asphyxiait. Je ne parviens pas à saisir ce qui nous y attèle. La vie humaine est si exubérante, ses aventures si diversifiables, que l'arraisonnement de nos libertés, de nos folies, de nos possibles, à une seule et unique structure fait à mes yeux figure de tombeau. Cette limitation de notre être, livré pieds et poings liés à quelqu'un que nous connaissons à peine, est un crime contre sa propre humanité. Non seulement nous offrons notre présent à l'autre, un autre aléatoirement choisi, mais nous lui subjuguons notre avenir. Dans le couple, chacun a droit de vie et de mort sur chacun. Le couple, sans que nul l'ait vu venir, s'est octroyé dans nos sociétés davantage de légitimité que l'État ou la Justice. La morale n'est plus située dans l'Église, mais dans le couple. Je suis sidéré par cette aliénation de l'homme, de la femme, qui n'ont de cesse de se cadenasser dans ce qui apparaît comme le contraire même de l'amour et de la vie : une institution morbide, livide, rigide. Le couple sanctionne et punit ; il brime et surveille ses occupants. Il est équipé de miradors. L'injonction, toute dictatoriale, que je lisais sur son linteau était celle-ci : « Sois heureux et rends-moi heureuse. » Tout écart, dès lors, se voit immédiatement traduit devant les tribunaux de l'intime. Pris la main dans le sac d'une quelconque trahison, le prévenu paiera chèrement le prix de sa scélératesse. Être en couple, c'est choisir quelqu'un qu'on ne connaissait pas, et qu'on eût aussi bien pu ne jamais connaître, pour se priver soi-même de liberté, pour se couper soi-même ses propres ailes, pour s'interdire d'être autre chose que ce que nous nous acceptons d'être une fois enfermé, ligoté, pris au piège. Au sein du couple, celui que je suis étouffe tous ceux que j'aurais pu être. Me voici interdit d'horizons, soustrait aux errances, à l'abri de toute aventure, protégé du hasard, vacciné contre les accidents. Rien ne justifie le couple, hors la peur de rester seul avec soi.

Vous êtes justement dans ce piteux état à cause de la solitude... N'est-ce pas paradoxal ?

Ce n'est pas une femme, que j'ai quittée ; j'ai quitté le couple dans lequel cette femme se trouvait. J'ai, depuis lors, tenté de réparer cette « erreur ». J'ai essayé de la reconquérir, sachant qu'elle ne serait, hélas, récupérable qu'avec le couple ; comme une fleur se fanant hors de son terreau, Emmanuelle ne saurait pousser en dehors du couple. Cela va plus loin encore : hors couple, elle n'est pas définie. Comme n'est pas définie l'addition, en mathématiques, en dehors d'un corps ou d'un anneau. Mais j'entends votre remarque. Il est vrai qu'à présent que je puis être moi sans entrave, je brûle d'être deux. Permettez-moi de citer de nouveau Sacha : « Je vais donc enfin vivre seul, et déjà je me demande avec qui ! » Je brûle d'être deux ; non pas de tout faire à deux. Aimer, c'est rechercher une présence ; être en couple, c'est rechercher une compagnie. La présence me multiplie ; la compagnie me mutile. La présence m'amplifie ; la compagnie m'atrophie. Je ne fais pas l'apologie du soi : en couple avec moi-même je suis tout également une prison. Seul à seul avec soi, dans la certitude de soi, dans la solitude de soi : voici un autre enfer. Horreur d'être clos dedans soi, de ne pouvoir être que seulement soi. Infiniment et finiment soi, et jamais rien d'autre. Finir là où tout a commencé : en soi, pour soi, à soi, vers soi, au fin fond de soi. Être ramené à soi, à soi seul, comme dans une souricière.

Et non seulement n'être que soi, mais n'être que le sempiternel même soi, un soi sans issue, habiter sa tautologie, se confondre avec ce que nous avons fini par être : rien que soi. Soi et rien d'autre. C'est à devenir fou.

Il y a tout de même, excusez-moi, des gens qui sont en couple et qui s'aiment ; et des gens qui s'aiment et qui sont en couple...

J'en connais. Accolés l'un l'autre ainsi que des glus, ils ne bougent pas, ils ne bougent plus. Ils sont fixes dans les années. Ils sont annexés, ils sont indexés l'un à l'autre. Ils s'aiment d'un amour qui ne se rompt pas, ne s'interrompt pas, ne se déchire pas, ne se déporte pas, ne se reporte pas, ne se sépare pas. Ils s'aiment d'un amour aimé, d'un amour aimant, ils s'aiment d'un amour amoureux. Rien ne semble jamais distendre ce lien. Avec moi, la menace que tout se termine dans la journée plane sans cesse. Je produis de l'intranquillité à flux tendu. Les femmes le ressentent avec une telle puissance qu'à force d'avoir peur d'être abandonnées, elles m'abandonnent. En outre, je reste incapable de fonder une famille, de mettre au monde le moindre enfant.

La reconquête d'Emmanuelle n'a rien donné ?

Pendant des semaines, des mois, j'ai serré les poings, je me suis battu, j'ai espéré. Pour rien : Emmanuelle a rencontré ce professeur de yoga, avec lequel elle a fini par se ranger comme se range le sabre dans son fourreau. La nature a opéré son œuvre ; les places vacantes ne le restent jamais. Tous les hommes du monde sont en embuscade ; ils attendent que soit libre celle que vous aimez. À la moindre sortie de route, la mort vous cueille. Si Emmanuelle et son yogi ont des enfants un jour, ceux-ci seront, avant que d'être le fruit de leur amour, celui de notre rupture. Et de mon sale caractère.

Et elle, de son côté ? Vous ne parlez que de vous. Jamais d'elle. De sa souffrance. Du traumatisme d'être plaquée là-bas, dans une chambre faite pour deux.

Médusée par mon départ, Emmanuelle, sans doute, ne savait-elle pas elle-même dans quel brouillon de sentiments elle se débattait. Le courage de rompre n'effectuait en elle que ses premiers pas. La crucifixion était encore liquide. La conclusion était encore brumeuse, c'était un balbutiement de séparation. Néanmoins, la rupture avait toujours déjà été là.

C'est-à-dire ? Je ne comprends pas.

La rupture existait déjà au premier jour de notre amour. J'avais toujours senti ses griffes, son haleine frottée. Elle n'avait cessé, dès le premier jour, de ricaner dans notre dos. Elle roulait sa bosse. Elle puait la truite éventrée, la muqueuse, la Loire. Elle m'observait en train d'embrasser Emmanuelle rue de Vaugirard, sur des dunes, à Fécamp, à Syracuse, à Hong-Kong. C'était un scorpion sur l'oreiller, un rat sous nos pied. Elle s'immisçait dans le plus petit soupir, dans la moindre parole de trop. C'était une flaque d'eau croupie, une mouche verte. Elle ne dormait jamais – surtout quand nous dormions. Cette gorgone attendait son heure. Patiente, têtue, obstinée. Quand mon corps faisait l'amour au corps d'Emmanuelle, la rupture était encore là, elle insistait, elle s'insinuait. Elle nous longeait de toute sa mort. Elle était froide. Elle a vaincu. Elle aura fait du bon travail. Elle planait là. Elle nous digérait. Parfois, elle prenait de l'altitude, faisait mine de s'absenter. C'était un leurre. Installée dans notre ciel, elle nous surveillait à la manière d'un vautour ou d'un drone.

Vous rompez souvent ?

Je ne sais faire que ça. La rupture n'est pas tant une cassure, une brisure, que la seule continuité possible de ce que je suis. La seule continuité et l'unique continuation. Quand je romps, cela

33

m'achève, mais me prolonge. Je suis fidèle, dès lors, à ce que je suis : un sac de larmes. Délesté de la personne aimée, je peux enfin me vouer au martyre, seul, perdu dans les rues de Paris, marchant sans but, indéfiniment, comme un damné, hagard. J'arpente inlassablement *toutes* les rues de la capitale. Paris devient ma prison. J'y étouffe. Je marche jusqu'à l'épuisement de mon corps auquel je fais croire que je me promène pour lui faire du bien, alors que je frappe le pavé pour faire du mal à mon esprit : des idées noires me saisiront au détour d'une rue ; je me mettrai de nouveau à pleurer. Je déambule jusqu'à ce que chaque rue de la capitale me porte au cœur. L'été ajoute à ma souffrance, avec son soleil gras qui plaque des morceaux de mort sur tout ce qu'il touche. Depuis mon balcon, je constate qu'il fait beau, que dégouline un soleil gluant, écœurant : je descends – *je sors souffrir.* Je sors mourir de mon vivant.

Au vu de votre état actuel, regrettez-vous d'avoir rencontré Emmanuelle ?

Ce fut une splendide rencontre. Rien n'est plus simple que le choix d'un amour, puisqu'on ne le choisit pas. Nous relevons la tête, parce que nous avions fait tomber nos clefs : une femme est là, prête à prélever quelques années de notre existence. Quand ces années sont belles, nous n'avons d'abord pas l'impression que ces années sont volées – elles le sont rétrospectivement puisque l'être aimé est finalement parti. Années gâchées, années pour rien, années absurdes puisque celle avec qui nous les avons vécues y a mis un terme, nous laissant bouche bée, du sang plein la bouche et des larmes plein les yeux.

Dans votre cas, les années furent-elles belles ?

Dix-huit mois. Dix-huit mois que je suis désormais condamné à revivre, à remâcher : à ressasser. Je suis ridicule quand je retourne dans ces dates avariées, périmées, repartant m'y baigner, m'y rouler, m'y saouler, m'y souiller. Je me frotte à des instants morts, je me repais de soleils décédés. Les heures du passé auxquelles je consacre les heures du présent n'intéressent, ne concernent et ne passionnent plus que moi. Emmanuelle les a désertés depuis longtemps, les remisant dans l'oubli.

Vous n'habitez plus le présent. C'est mortifère.

Je n'habite plus le présent, ni le passé, mais un temps spécial où le passé est incessamment façonné par le chagrin du présent, par le déploiement dans ce présent de tous les passés qui auraient pu avoir *mieux* lieu, ou avoir lieu sans que se déclenche cette rupture finale, qui n'était pas inéluctable. Je m'efforce d'atteindre par la pensée le point critique, le lieu du temps où tout était encore possible, le passage entre l'éluctable et l'inéluctable. Je cherche à l'œil nu l'endroit précis du passé où garder Emmanuelle pour toute la vie, non seulement était encore possible, mais était un jeu d'enfant, était la *moindre des choses*. Et non seulement la moindre des choses, mais le plus cher de ses rêves. Trouver l'abscisse et l'ordonnée, sur la carte du temps, du point, idéal, fabuleux, mythique, où j'en avais parfois assez d'Emmanuelle, où il m'arrivait d'accorder ma préférence à d'autres, où, même, je me surprenais à me demander si je n'allais pas la quitter à l'aube retournant me vautrer dans la multitude de celles qui n'étaient pas elle et m'abîmer, amant inguérissable et perpétuel, dans le surplus des femmes du monde – ainsi serais-je allégé des enfants obligatoires, des névroses irrémissibles, de la plupart de ses goûts, de toute une collection d'incompatibles manies. Retrouver ce lieu du temps, sacré, porte de tous les temples, où j'avais le pouvoir de la vaincre et de la terrasser. De la faire souffrir. Cet îlot du temps, devenu introuvable malgré mes inlassables investigations, où j'étais le roi, où je régnais, où je pouvais la faire frémir et la faire ployer... Ce point critique, aussi inaccessible qu'une étoile, ce stade de notre histoire où j'étais l'évidence et elle l'hypothèse, où elle était seconde quand j'étais premier, auxiliaire quand j'étais principal, je rêve de m'y

rendre afin de lui dire « je t'aime, mon amour ».
Ce point imaginaire et réel, intersection de mes
illusions et de mes souffrances, est un point
messianique : il m'échappe mais m'appartient ;
il m'appartient parce qu'il m'échappe.

*Hélas, la machine à remonter le temps n'existe
pas encore.*

C'est pourquoi je pousse comme une mauvaise herbe sur notre passé. Je reste seul dans
tout ce que nous avons partagé – seul et libre,
mais je ne suis pas libre : je suis enclos dans
une liberté dont je ne veux plus. J'essaie de
conserver par le souvenir la totalité de ce qu'elle
cherche à effacer. Je me livre à un travail de
mémoire, elle opère un travail d'oubli ; à moi
l'hypermnésie, à elle l'amnésie. Dans ces jours
qui ne reviendront jamais, et qui forment ce
qu'il est convenu d'intituler « notre histoire »,
j'évolue ainsi que dans un labyrinthe, une maison hantée. L'air y est glacial. Tout y est gelé
comme des siècles. Je n'ai pas le choix, puisque

le présent me brûle comme une chaux vive. Présent où la femme que j'aime est morte – morte pour moi et tellement vivante pour un autre qui, désormais, est paré des qualités qu'elle m'avait jadis prêtées.

Donc, vous vivez bel et bien dans le passé.

Où voudriez-vous que je vive ? Le passé est supérieur à l'avenir. Le passé est le lieu où l'on naît ; l'avenir, le lieu où l'on meurt. On prétend que l'optimiste aime l'avenir et le pessimiste, le passé. Or, préférer l'avenir au passé, c'est préférer ce qui va mourir à ce qui est né. Aimer l'avenir, c'est aimer la mort. Le passé n'est ni statique ni clos. L'avenir est borné par la mort quand le passé, lui, reste ouvert de toutes parts, béant, mouvant, renouvelé, évoluant ; il remue ; il surprend ; il étonne. Il palpite. Il ne cesse de charrier des nouveautés, de publier des inédits. Le passé est le seul monde où nous pouvons faire des découvertes. L'avenir n'existe pas encore ; le présent n'existe déjà plus ; la seule chose qui existe, ne cesse d'exister, existe sans cesse davantage, c'est le passé. Il est profond, se compose de strates, de niveaux, d'étages, d'anfractuosités, de girons, de gouffres, de reliefs. Seuls les idiots ont de l'avenir. Moi, j'ai du passé. Je n'ai que cela. Il n'y a que dans le passé qu'il puisse m'arriver quelque chose. Rien n'est moins achevé que ce qui est révolu ; rien n'est plus infini que ce qui est terminé. « Le passé, c'est le passé. » Au contraire : le passé est beaucoup plus que le passé ; il porte mal son nom. C'est parce qu'il achève les choses que nous pouvons enfin les vivre.

Que faites-vous quand vous êtes au comble de la souffrance ?

La semaine dernière, j'ai détruit tout ce qu'Emmanuelle m'avait offert du temps que nous étions « ensemble ». Tous les merveilleux dessins qu'elle m'avait faits ; les mots gentils, troussés au réveil. J'ai déchiré toutes mes chemises. Chemises sur lesquelles elle avait peut-être appuyé sa tête. Je ne souffrais plus de mettre au contact de ma peau ces vêtements avec lesquels elle m'avait vu, touché, aimé. Je suis installé dans ce paradoxe : ce qui est vivant pour moi – le passé – est mort pour les autres ; et ce qui est vivant pour les autres – le présent – est mort pour moi. J'ai le choix entre l'invivable et l'invivant. L'instinct de survie me fait opter pour le passé. Non parce que le passé me calme : il ravive les plaies. Il m'assaille de toutes parts. J'ai retrouvé hier deux tickets de cinéma dans un anorak. *Nos* billets. Nous étions allés au cinéma le 15 mars 2016. J'en ai eu les preuves en main. J'adore, rétrospectivement, le « nos » de l'expression « nos billets ». L'incompréhension première, la plus solide, reste non pas « comment a-t-elle pu me quitter ? », non pas « comment a-t-elle pu accepter que je la quitte ? », mais « comment a-t-elle pu *nous* quitter ? » Rassurez-vous, je ne rajouterai rien aux pénibles analyses qui depuis quelques années se penchent, dans la société, sur le « nous ». Je déteste cette mode. « Nous », comme disait Aragon, est un concept de pacotille. Mais enfin, Emmanuelle a déserté *notre* couple. Ce couple n'était pas uniquement le mien, n'était pas strictement le sien. C'était le *nôtre*. Emmanuelle n'a pas fait que se trahir, me trahir : elle *nous* a trahis. Elle s'est échappée de *nous*. Je ne sais comment exprimer cette douleur, qui n'est dorénavant douleur que pour moi, et non plus pour *nous* — selon moi, et non plus selon *nous*. Les mots ne parviennent pas à dire ce que j'écris. Rien ne m'autorise plus à la *rejoindre*. Cette impossibilité donne le vertige. Elle ne peut plus, jamais, m'être un but. Elle ne peut plus, jamais, m'être une destination. On me conseille le mépris. Je n'ai aucun mépris disponible en moi. Je ne possède que des réserves de déclin. Je dois regarder vers une autre rive, qui n'existe pas. Emmanuelle habite désormais plus loin que les étoiles, plus difficile à atteindre qu'une morte.

Mais c'est vous qui êtes parti !

Je suis revenu. Mais elle ne m'a pas laissé faire. Mon amour était donc plus durable et plus fort que le sien. J'ai maintenu les sentiments au-delà de notre mort.

Pourquoi ne vous tournez-vous pas vers l'avenir ?

Céline écrit : « L'avenir, c'est pas une plaisanterie. » L'avenir agit comme un abri. J'y retrouve sous la forme de l'espoir ce que m'offre le passé sous la forme du regret. Cet espoir, forgé à la hauteur de ma douleur, devient mystique ; je lui préfère le nom, plus céleste, d'« espérance ». Au passé, les abîmes ; à l'avenir, le firmament. Au passé, le délire descendant ; à l'avenir, le délire ascendant. Le passé me fait autant de mal que l'avenir me fait de bien. J'essaie de construire par la pensée un avenir qui voudrait mieux de moi et au sein duquel je ne serais pas seul. C'est encore possible. C'est de moins en moins possible. Celui qui a passé sa vie à souffrir, à hésiter, à faire souffrir, vieillit comme les autres. Dans le passé, je souffre ; dans l'avenir, je me rassure ; dans le présent, je meurs.

C'est terrible. Vous n'êtes finalement jamais tranquille. Vous êtes acculé de toutes parts...

Oui. Et d'autant plus que le présent est le temps du nouvel homme de sa vie. Du nouvel élu. Le passé est le temps où j'étais ce nouveau, cet élu ; l'avenir est le temps où je serai de nouveau le nouveau ; le temps où je serai réélu. Je garde espoir. Il existe une probabilité qu'elle revienne. Cette probabilité, même proche de zéro, est théoriquement calculable à chaque instant. Elle varie. Par le biais de quelle science suivre ces oscillations ? Je l'ignore, car cette science n'est pas inventée. Quand, depuis notre séparation, la probabilité de son retour fut-elle la plus grande – ou plutôt la moins faible ? Un mardi ? Un jeudi ? Fut-ce en octobre ? Il existe peut-être un jour du calendrier où elle faillit venir me retrouver. Ce jour flotte comme un cadavre, emporté par le fleuve boueux. Comme l'a merveilleusement écrit Proust, « savoir qu'on n'a plus rien à espérer n'empêche pas de continuer à attendre ». La vie m'a enseigné qu'il est possible de revivre un amour terminé. Tant que l'autre n'est pas décédé, on peut le reconquérir. Seule la mort s'avère un obstacle vraiment sérieux.

C'est très présomptueux que de le croire...

Je pense à Kant : « Tu dois, donc tu peux. » Il s'agirait de tester le kantisme dans ce domaine. Qui, sur terre, peut se targuer d'avoir *tout* essayé pour faire revenir l'être aimé ? Je ne parle pas de petites tentatives timides, prévisibles, vouées à l'échec. Je ne parle pas de la politique des petits pas. Mais de la poétique des grands gestes d'éclat. Je ne parle pas non plus de ces méthodes détestables qui usent de la menace, du chantage au suicide, de la mythomanie. Il existe en chacun de nous une énergie cachée qui permet l'accès à l'impossible.

Mythomanie, dites-vous. Vous avez des exemples ?

Un célèbre journaliste, il y a quelques années, prétendit, pour récupérer la « femme de sa vie », souffrir d'une tumeur au cerveau. Il n'en avait plus soi-disant que pour quelques mois. La naïve revint. Il est étrange qu'on accepte de reprendre sa place au sein d'amours défuntes dans le seul but d'accompagner le fraîchement quitté jusqu'aux portes de la mort : elle le fit. Elle quitta un amoureux tout juste entériné et accepta de recommencer l'histoire achevée. Ils reprirent, tumeur aidant, leur histoire là où elle s'était interrompue. Hélas pour l'affabulateur, la candide eut des doutes. Elle appela le médecin qui avait prétendument détecté le mal. Au téléphone, l'éminent oncologue bredouilla puis, n'y tenant plus, livra le véritable diagnostic : aucune tumeur, aucune maladie hormis le chagrin causé par la séparation. L'éconduit avait pensé obtenir d'un cœur apitoyé ce qu'un cœur amoureux lui refusait.

Ne pas utiliser de stratagème, donc. Que faire ?

Foncer, quitte à mourir : se planter devant l'être aimé, tout lui révéler, fouiller les profondeurs de la vérité. On ne se risque jamais qu'aux abords de la vérité, on ne fait que la longer, la frôler. Elle nous terrorise. Pourtant, c'est en elle que le secret de la « victoire » se cache. Les yeux dans les yeux, dire à la fois ce que nous fûmes et ce que nous sommes, ce que nous serions, serons, ce que nous croyons que nous sommes, et que nous ne sommes pas. Nous agonir de vérité, nous rouler dedans, nous y shooter, nous en saouler. Dégouliner de vérité, n'être plus recouvert de la *moindre* pellicule de mensonge. Qui a déjà réalisé cela ? Personne. Lorsque nous visitons la vérité, nous trions dedans ; nous laissons des restes, nous n'en prélevons que des échantillons. Nous en choisissons des extraits. Il nous apparaît trop difficile de *tout* dire. Se suicider à la vérité : seul espoir de renaître à cet amour. Asséner enfin *toute* la vérité sur *tout*. Sur moi, sur elle, sur nous. Sur chaque parcelle de notre histoire ; faire la lumière sur le moindre événement. Dire la vérité dans son intégrité, dans son intégralité. Cela ferait jaillir de soi un être parfaitement merveilleux, neuf – étonnant.

Cela marche-t-il vraiment ?

Je suis parvenu quelquefois à faire revenir des femmes qui s'étaient juré de ne jamais plus m'accorder une seconde de leur existence terrestre. Mais j'admets que, chaque fois, quelque chose entre-temps s'était perdu en chemin. La déesse tant pleurée était devenue un corps lourd.

Pourquoi Emmanuelle n'a-t-elle pas succombé à votre tentative de « re-séduction » ?

Je n'aurai commis que des erreurs. J'ai imploré, usant de poèmes larmoyants postés chaque jour. La supplication est un écueil que je n'ai pas su éviter ; et même, dans lequel je me suis pathétiquement vautré. En outre, tout

en larmoyant, j'ai tenté d'user de logique carté-
sienne pour lui *démontrer* que nous étions faits
l'un pour l'autre. Les règles de la logique ne
s'appliquent jamais aux sentiments, *a fortiori*
aux ressentiments. Je suis allé plus loin encore
dans l'aberration stratégique : j'agrémentais mes
suppliques d'humiliations, lui promettant qu'elle
obtiendrait de moi, en échange de son retour,
tout ce qu'elle désirait ; je lui suggérai d'avoir un
accès permanent à mon intimité, à mes adresses
électroniques, à mon ordinateur portable, à tout
ce que j'avais jugé jusque-là inaliénable. Je lui
fis l'offrande, non d'un homme, mais d'un tapis
de sol, qui plus est trempé de larmes. Ce n'est
pas tout : plutôt que d'aller moi-même plaider
ma cause, j'envoyai des amis le faire à ma place.
Y a-t-il moins séduisant qu'un lâche ? Je fus ce
couard. Un jour, je partis assister à une vente, à
Drouot, où Emmanuelle officiait. Elle m'en fit
éjecter par des agents de sécurité. Sur le trottoir,
abattu, je n'étais plus un être humain digne
de ce nom, mais un lambeau. « La confiance
est brisée », m'écrivit-elle. Aucune de mes tentatives de reconquête ne put, dès lors, aboutir.
Pas même les misérables solos de guitare que

je lui adressai et dont elle rit. J'ai appris cet instrument dans le but de la toucher. Je suis un adolescent, catégorie que les femmes détestent.

Vous l'aviez trompée ?

Une seule et unique fois. Ma seule erreur fut de recroiser, par le plus grand des hasards, une ancienne amoureuse qui aura su se venger. Compagne délaissée depuis longtemps, pour qui je n'ai jamais eu plus de sentiments qu'à l'égard d'un pigeon, d'un pot de yaourt ou d'un morceau de trottoir. Mais Emmanuelle n'a pas cru à mes explications ; elle a préféré donner crédit à des monologues vengeurs qui eurent l'avantage de coïncider avec ses « intuitions ». Ainsi fonctionnent les horoscopes : tout y est aberrant, mais lorsque nous cherchons à y vérifier une chimère, nous la rencontrons immédiatement. Je confesse avoir, après l'épisode de Wight, repris contact avec une dizaine de conquêtes perdues de vue ; cela était lié à un instant de panique, de détresse, de folie. C'est ce qui me fut fatal, davantage que l'abandon sur cette île maudite.

Ironie du sort, l'incipit de votre premier roman était : « Ce que les femmes préfèrent chez moi, c'est me quitter. »

J'aurais dû écrire : « Ce que je préfère chez les femmes, c'est de faire en sorte qu'elles me quittent. » Tant il est vrai que seule la tristesse, abyssale, qui m'étreint après avoir provoqué l'ultime rupture – une rupture est l'enfant des mille vraies-fausses ruptures qui l'ont précédée – est recherchée par moi, rien que par moi, abandonnant l'être aimé, sidéré, sur l'autre rive. Mais voilà : je me retrouve seul et remâche inlassablement cette histoire, « notre » histoire. « Notre » histoire est terminée, qu'importe : celle qui l'a vécue avec moi y est désormais tellement étrangère, en est si incroyablement absente, est si manifestement *à l'aise* dans et avec cette absence, que « notre » histoire pourrait avoir eu lieu sous le Directoire ou à la cour

des Médicis. Tous les passés sont contempo-
rains quand l'indifférence a triomphé. Je suis
désormais assigné à résidence dans son oubli.
J'habite une dimension dans laquelle elle ne
veut plus se lover. Je regarde des choses qu'elle
ne regarde pas. Lorsque je suis fier de moi,
elle ne le sait pas. Quand je suis courageux,
brillant, émouvant, percutant, elle ne le voit
pas. Quand je suis drôle, c'est en pure perte.
Elle fait peut-être de la voile, en cet instant,
au milieu du vent. J'imagine que sa vie s'em-
balle, quand la mienne ne fait que freiner ;
que son existence vibre, tandis que la mienne
stagne. Vivre sans elle est effrayant, dépourvu
de sens : mais cette remarque n'est valable que
pour moi, pour moi seul. Tout m'est fatal, de
ce qui lui indiffère. Plus rien ne la concerne, ni
ne la concernera. Mes éclats, artistiques, média-
tiques, intellectuels, seront toujours plus ternes
que le bâillement de celui qu'elle aime comme
elle m'aimait – peut-être davantage – et qui est
le motif selon lequel elle a voulu se coudre pour
que plus personne, à commencer par moi, ne
vienne l'arracher à cette vie fixe et définitive,
sans périls, sans autre province que la sécurité,

une vie paralysée de constance, une vie qui se confond avec le temps qui passe, une vie qui désire moins qu'elle ne capitule : une vie rivée.

Je vous trouve très vaniteux. Pourquoi la vie avec l'autre serait-elle sage et terne quand elle serait avec vous trépidante et gaie ? Si tel était le cas, Emmanuelle serait restée. Ou du moins aurait-elle essayé de revenir vers vous...

Je connais cette antienne : « qui suis-je pour... ? » Je suis quelqu'un d'important : je suis la mémoire. Je suis le gardien des cendres. Je suis le général des humus. C'est dans l'oubli que je me promène, fais mon trou, administre mes blafardes légions. Je visite des régions sinistrées : des années qui ne sont plus et sont peuplées de spectres. Des années qui ne sont plus habitables, des années qu'on ne peut plus souhaiter à personne, des années tellement passées, tellement derrière elle, tellement closes, tellement achevées, tellement terminées, qu'on ne peut plus y mourir, ni y naître. Des années à l'intérieur desquelles nul ne peut plus vous faire de mal, où plus un seul mort ne pourra s'ajouter, ni se soustraire, ni aucun drame se dérouler. Années effrayantes, interdites à toute forme de vie, d'existence, d'expérience, mais années rassurantes, parce qu'encerclées par les dates, ces dalles refermées.

Vous savez bien que votre chagrin passera...

Je le sais intellectuellement. Mais c'est l'affect, non l'intellect, qui gouverne mes heures. J'ai hâte que le temps fasse son œuvre, qu'il me passe dessus comme un camion, que cette histoire finisse dans la poussière qu'elle réclame. Je voudrais être heureux plus vite. L'oubli n'obéit qu'à sa propre vitesse. Dans six ans, dix ans, il ne restera rien de ce chagrin. Pourtant je suis là, lacéré, déchiqueté. Ridicule dans mes larmes, avec mes simagrées.

Vous connaissant, vous allez rebondir, vous passionner pour de nouveaux sujets…

La seule chose qui me passionne, pour l'heure, est de ruser avec l'insomnie. Elle et moi nous livrons à un terrible bras de fer qu'irrémédiablement je perds. Je ne prends rien pour dormir, aucun cachet ; je n'ai pas recours aux antidépresseurs : outre qu'il faut affronter son chagrin d'homme à homme et le regarder droit dans les yeux, toute cette chimie troue la mémoire. Je refuse d'agir dans le sens de ma déchéance. Il ne faut jamais accompagner le déclin, sans quoi il se déchaîne. Mon cerveau est la seule chose qui me reste avec ce corps que je fais nager, que je fais marcher. Mes fonctionnalités sont performantes, bien que tournant à vide. Je n'ai pas d'être humain à mes côtés que je pourrais faire rire ou à qui je pourrais faire honte. Je suis seul. La nuit, je ne dors pas ; le jour, je ne vis pas. Je ne fais rien de ces journées qui s'écoulent en pure perte. Sensation d'un dimanche infiniment prolongé. Un dimanche océan. Prisonnier de ce qui est férié, de ce qui est vide, de ce qui est triste. Je suis embastillé dans mon chagrin et dans la banalité de ce chagrin. Je n'ai aucune issue, sinon attendre que le temps m'emporte. Cela sera aussi long qu'une journée ; cela prendra des années. Quand la douleur me quittera, je ne la verrai pas partir. Quand le bonheur de nouveau viendra – s'il vient jamais –, il me faudra le reconnaître. Je prie pour en être *techniquement* capable. Ne jamais sous-estimer la part de technique qui va de pair avec la possibilité du bonheur.

Heureux d'entendre ces paroles optimistes. Vous allez rencontrer quelqu'un d'autre. Vous le savez.

Qui ? Quand ? Où ? C'est avec Emmanuelle que j'aspire à être. Je suis enfermé dans l'amour qui vient de se conclure. Il me faudra cent siècles pour « passer à la suivante ».

Peu à peu, vous comprendrez que vous aviez exagéré vos sentiments – et votre souffrance...

L'un de mes problèmes est que je suis trop prompt à m'accrocher à la beauté des femmes. Ce que je souhaitais aussi – mais pas seulement – posséder, en gardant Emmanuelle, c'était son aspect physique. Comme si l'attribut physiologique de l'autre pouvait se fondre en moi. D'une autre, juste un peu moins jolie, je n'eusse jamais accepté le centième de ce qu'Emmanuelle m'a fait subir pendant la période, dévastatrice, où j'ai vainement tenté de la reséduire. Mais elle m'a préféré un yogi et ce, jusqu'à la mort des étoiles.

Vous situez-vous dans l'obsession de l'autre ? Du « nouvel élu » ?

Comment ne le serais-je pas ? Comment ne pas y penser ? Je n'oublie pas qu'elle vit avec un homme dont la seule qualité a consisté à se trouver là au bon moment. Un homme auquel elle n'eût pas même adressé un regard du temps que nous étions ensemble et auquel elle donne la stricte même chose qu'à moi. Elle lui concocte des recettes similaires. Des gestes qui m'appartenaient sont adressés à quelqu'un que je ne connais pas. Cet imposteur est une créature que j'ai inventée ; c'est mon sale caractère, je le répète, qui l'a hissé là où il se trouve à présent, dans la douceur sucrée de sa légitimité et l'assurance laiteuse de sa longévité. Celui qui m'a remplacé auprès de la femme que j'aime encore n'a pu le faire que grâce à moi. Il a su repérer la faille, saisir sa chance, et n'a pu accoster sur ces terres qu'en réparant les dégâts *très précis* que j'avais occasionnés. Claudel écrit, toujours dans *Le Père humilié* : « Il n'y a rien à quoi on n'arrive avec de la patience et de la douceur et de la sympathie, et un peu d'autorité, et un certain savoir-faire. » Le yogi n'a pas lu Claudel mais il a fait mieux : il l'a appliqué. Si j'avais occasionné des brisures différentes, Emmanuelle se fût tournée vers un autre que lui. J'ai, par mes fautes seules, par mes erreurs singulières, préparé le terrain à ce *possible-là* ; l'intrus a bénéficié de mon entreprise de sabotage.

« Imposteur », « intrus »...

Je le nomme ainsi parce que je m'inscris, illusoirement, dans une vision de mon couple avec Emmanuelle comme s'il était le couple de référence, le seul couple légal, légitime, possible, viable, évident – elle rêvait que nous fussions un « couple mythique ». Je donnerais tout aujourd'hui pour que devant moi elle reformule ce vœu – mais l'intrus, maintenant, perclus de cicatrices, incapable de trouver le sommeil, c'est moi. Ce n'est pas l'autre.

Cet « autre », que vous ne connaissez pas, est en quelque sorte devenu votre pire ennemi...

Un ennemi que je suis contraint de construire mentalement, lui prêtant des qualités – et des défauts – qui ne le concernent jamais. Cet autre, qui obstrue une possibilité de mon existence, est infini ; c'est un labyrinthe d'interrogations, un lacis de supputations. Sans cesse, je le construis, le déconstruis. Je relativise ou exagère son importance ; j'exacerbe ou ratatine son génie. Le nouvel élu est un sable mouvant. Mais j'insiste : si Emmanuelle et moi avions rencontré cet autre du temps que nous étions ensemble, il est *évident* qu'il ne lui eût pas plu. Ne lui plaisait que celui avec qui elle était : moi. Comme ne lui plaît désormais que celui avec qui elle est : lui. Cet être humain est sur terre, absolument inconnu de moi, mais il y a, à Paris, un quartier où des gens le connaissent, un pâté de maisons à l'entour duquel il est précisément répertorié. Des commerçants le croisent. Un boucher, un épicier. Il a bien un médecin, étant entendu qu'il possède une santé. Il détient une carte de Sécurité sociale. *Etc*. Il n'y a finalement que pour moi que son existence est aberrante, entre fiction et réalité. Ce centaure, toutefois, ne l'emportera pas au paradis : je devine ce dont il est démuni ; j'ignore ses limites, mais mon fantôme vient parfois planer, je le sais, sur ses déficiences ; je m'insinue dans ses insuffisances ; je hante ses lacunes.

Vous n'êtes pas très malin. Il jouirait s'il vous entendait...

Je n'ai jamais été malin. Mais vous avez raison. Et il se répétera que ce qui est pour moi l'impossible des impossibles – caresser le visage d'Emmanuelle en lui susurrant « je t'aime » – est pour lui la chose la plus naturelle. S'il m'entendait, mon « successeur » pratiquerait cette caresse sur le visage d'Emmanuelle et, de concert, tous deux s'amuseraient des souffrances et des mots d'un écrivain français dont *in fine* ils auront eu la peau. Ce petit passage de notre conversation serait humilié par cette réalité qui est la leur et ne peut être la mienne que dans un rêve ou dans la mort.

Allez-vous écrire sur cette histoire ?

Je vais faire comme si la littérature était non seulement plus importante que la vie, mais qu'elle était la vie-même. Le travail me sauvera, comme d'habitude, et me tuera tout également. C'est à cause de lui que je ne vis pas. L'écriture m'aura confisqué l'existence. Il est trop tard pour bifurquer ; je continuerai dans cette voie.

Ne lui octroyez-vous pas trop d'importance, à ce bouffeur de quinoa spécialiste du grand écart ?

De fait, il n'en a aucune. Mais son statut l'érige en dieu dans l'église de mes fixations. À part lui-même, personne sur terre ne lui confère autant d'importance que moi. Pas même Emmanuelle, bien sûr. Pas même les enfants qu'il ne manquera pas de ponctionner sur elle. Nous ne sommes que deux à la surface du monde à nous intéresser à ce point à lui : lui et moi. Nous ne sommes que deux à nous sentir concernés à un tel niveau par sa petite personne. Il connaît mon existence, puisque j'écris des livres, des articles, publie des tribunes, tourne des films et passe à la télévision. Il connaît mon visage et sait presque tout de moi. Il suffit de taper mon nom sur Internet, et j'apparais tel le génie des contes orientaux, jaillissant d'une bouteille ensablée. Me voici intégralement livré à lui. Sur un simple caprice, il peut me convoquer, obtenir telle précision sur un de mes vices, sur une manie dont je serais la proie, sur mes états de service dans l'armée française, sur tel pan de ma vie sentimentale et même sexuelle. Il peut se renseigner sur ma première étoile, ma première ceinture, ma première classe de neige. Bien entendu, rien de tout cela ne l'intéresse. Lui ne pense jamais à moi ; je ne suis rien qu'un évasif épisode, éventé, de la biographie de sa femme. Car ils vont se marier.

Il est possible que vos classes de neige, effectivement, n'attisent que modérément sa curiosité.

Je ne suis jamais allé en classe de neige. J'eus interdiction formelle d'y accompagner mes condisciples. L'institutrice m'avait catalogué dans les cas « à risque ». Nous étions deux – cela remonte à l'année 1977 – dans cette catégorie des bannis. Tout le monde partit à

Chamrousse, sauf moi et mon ami Cyril B. Je passai ma classe de neige dans une autre classe – une classe sans neige. J'étais en CM1 et l'on me plaça pendant dix jours dans une classe de CM2, avec les « grands ». On m'avait installé tout au fond de la salle, livré à tous les oublis. Égaré parmi ces visages que je ne connaissais que de vue, et d'autant plus impressionné, d'ailleurs, que j'avais maintes fois croisé ces « grands » lors des récréations, je décidai de m'enfouir, sans lever le nez, dans les pages d'un *Petit Larousse illustré*, édition 1974, qui depuis lors ne m'a jamais quitté. L'ouvrage m'absorba tout entier, à tel point qu'il me semble n'en être jamais sorti. Se trouvaient dans ces impeccables pages, sévères et précises, à leur immuable place, tous ceux qui deviendraient mes héros, et dont je fis la connaissance par une photo, un dessin, deux dates, l'une qui les faisait naître, l'autre qui les assassinait. Première photo, premier choc, première sensation que rien, au monde, ne serait plus puissant que la littérature : André Gide.

Encore Gide !

Connaissez-vous la photo de Gide dans le *Petit Larousse illustré* de 1974 ?

Je dois admettre que non.

Elle est étonnante. Gide est concentré, en noir et blanc. Plongé dans une réflexion posée. Dans une pensée préparée, étudiée. Son col est amidonné. Il est élégant, très chauve. Un flou l'enveloppe à la façon d'une brume. Où la photo fut-elle donc prise ? Sa tête dans la main : une tête bien lourde, gorgée d'idées, de préoccupations « littéraires », d'œuvres, de postérité, de culture. Fascinant Gide, que je traîne de livre en livre, en fantôme bienveillant, et qui aujourd'hui encore m'aide à ne pas sombrer. Quand nous voyagions, avec Emmanuelle, j'emportais toujours un Gide. C'était la tradition. Ces lectures d'alors sont détrempées, abîmées, vues d'ici. Elles respirent la mort. Elles puent la pierre tombale. Le temps est passé sur ces pauvres joies, et pourtant, tandis que je lisais Gide aux côtés de la femme que j'aimais, je savais que tout cela aurait une fin.

Vous parvenez à lire en ce moment ?

J'écoute de la musique : Boulez, Ligeti, Penderecki, Stockhausen. C'est la musique la moins tolérante qui soit envers les chagrins d'amour. La musique « contemporaine » anéantit dès la première note toute tentative de regretter une relation amoureuse et même d'en entamer une neuve. J'aurais rêvé être boulézien, atrophié des sentiments, le cœur sec. Une bille d'acier roulant dans les rues, ne pensant qu'aux mathématiques, au béton, à la dynamique des algèbres, à la glaciale concision des géométries. Le seul auteur que je pourrais lire, c'est Péguy, parce qu'il est mort d'un chagrin d'amour et que je puis m'en faire un compagnon de désespoir. Il est parti à la guerre pour mourir, pressé de se débarrasser du poids d'une passion irréciproque. Péguy était fou amoureux d'une certaine Blanche Raphaël.

Elle ne voulait pas de lui ; de son génie, de ses extases, de son extravagance, de sa colère, de sa folie. Elle est morte en 1960. Qui eut l'idée d'aller la visiter ? Évidemment personne. J'ai la chance de posséder une photo de Blanche. Péguy s'est consumé pour elle. Son chagrin l'aura poussé à pied jusqu'à Chartres. Marchant, il suait pour ne pas pleurer. Péguy s'est offert à la mort parce qu'une femme refusa qu'il s'offrît à l'amour. C'est magnifique et violent ; Péguy s'est servi d'un conflit mondial pour résoudre un drame intime. Il n'est pas mort pour la France, il est mort par la France.

Êtes-vous violent ?

Seulement contre moi-même. Je me souviens. C'était au mois de juin 1988. J'étais étudiant en classe de mathématiques spéciales au lycée Pothier d'Orléans, où m'avaient précédé Charles Péguy, Jacques Lacarrière et le dessinateur Vuillemin. J'y mourais d'ennui. Alignées par un professeur gras, les équations défilaient

mécaniquement sous mes yeux comme des promesses de souffrance, de nuits blanches, de com-
bats d'avance perdus. Autant les profondeurs de
la pensée philosophique m'engageaient, autant
les fabrications formelles de l'algèbre, établies
par des inférences implacables et sèches, procla-
mées éternelles, me laissaient coi. Je n'avais, en
ce temps-là, pas encore compris que ces raison-
nements purs ne reposaient que sur des règles
arbitraires et puériles. La prétention qu'ont les
mathématiques à dire le monde est risible. Ses
interminables subtilités ne préparent que les
grossiers forages de la physique, leur bras sé-
culier, dont les théories viennent tôt ou tard
brutaliser la nature et les choses, qui se dérobent
pourtant sans cesse. La parole seule sait dévoi-
ler les mystères du monde, très doucement…
Prisonnier de cette classe « préparatoire », anti-
chambre d'écoles que je n'ai jamais intégrées,
abruti d'exercices, humilié par des résultats pi-
toyables, je déprimai peu à peu, jusqu'au jour
où Noémie fit irruption parmi ces jours noirs
et visqueux. Elle était khâgneuse. La khâgne
m'eût davantage convenu que la taupe. Encore
que : la parole y est appréhendée sous l'étiquette

de « lettres », et les « lettres », expression mons-
trueuse, comme un moyen de faire pénétrer son
corps dans le hall de l'École normale supérieure,
dont aucun grand écrivain n'est jamais sorti
– et ne sortira probablement jamais –, hormis
Sartre, Genevoix et Péguy. Péguy qui en dé-
missionna aussitôt pour retourner chez sa mère
composer sa *Jeanne d'Arc*.

Passons. Revenons à Noémie.

Noémie dont j'ai retrouvé il n'y a pas longtemps une photo en classant des « dossiers ».
Sur le cliché exhumé de mon capharnaüm,
elle arbore un visage sérieux ; elle s'appuie
contre un mur fissuré que jouxtent des ronces.
Si j'ausculte la photographie avec minutie, je
ne remarque sur son visage que la détresse
homologuée d'un être ordinaire. Sa mélancolie apparente ne cache en réalité qu'un vide
infini, une stupidité superbe dans lesquelles je
n'avais perçu que du mystère, un charme ana-
chronique et des promesses de palpitations.

Elle était nantie d'un grain de beauté derrière le genou, au niveau du pli.

Et ?

Je me dis que trente ans plus tard, quelque part sur la terre, ce grain de beauté existe. À l'instant où je vous parle, il est toujours là, sur elle. Adolf Hitler en possédait un, sous le lobe gauche de l'oreille, qu'il avait écorché une fois, ce qui avait provoqué un saignement. Pensez à l'évolution de ce grain de beauté de 1889 à 1945. Faisons sur lui un très gros plan, au microscope à balayage, tandis que le Führer travaille dans son bunker. Nous obtenons immédiatement une autre vision de l'histoire du Troisième Reich. Une version « subjective ». On pourrait écrire aussi la biographie de Staline du strict point de vue de ses bottes, d'un ongle d'orteil, de ses moustaches.

Pouvons-nous revenir à Noémie ?

J'aimais beaucoup ses cheveux jaunes, d'énormes lèvres qui étaient nées pour que je les morde à sang. La première fois que je la vis, elle traversait la cour du lycée Pothier vêtue d'une robe écossaise ridicule rouge, et ses jambes allumettes étaient empaquetées dans un collant noir qui ne m'excita pas. Mais ses seins saillants étaient déjà, la nuit tombée, les réceptacles de mes frénésies étouffées. À force de vantardises, de théories, de bavardages, de forages, j'eus accès à cette prodigieuse créature. Ne restait donc plus, après avoir obtenu son amour, qu'à me faire haïr. Les nuages s'amon-celèrent bientôt et l'orage éclata. Lors d'une soirée étudiante, j'avais hâtivement interprété une discussion qu'elle venait d'avoir avec un rival potentiel, qui n'était rival que dans mon délire, puisque j'appris plus tard, trop tard, qu'elle le méprisait. Je vins me planter devant Noémie. Sans doute pensa-t-elle que j'allais la frapper. Mais c'est moi-même, avec mes propres mains, que je me mis frénétiquement à gifler. Cette scène, aux témoins innombrables,

ne fit pas que stupéfier Noémie ; elle l'épou-
vanta. Elle me quitta sur-le-champ. Le futur,
qui la veille était un gâteau, s'était ratatiné d'un
seul coup. De mon seul fait, je venais d'empê-
cher le temps de s'écouler en dehors de moi,
à deux : j'allais devoir me confondre avec ma
propre durée.

Vous l'avez revue ?

Jamais. Que reste-t-il d'elle aujourd'hui ? Probablement une ruine. Le développement des
jeunes filles photographiées dans le passé est
une manifestation catégorique du ministère de
la mort : l'accent est mis sur certains plis fri-
pant les lèvres qui, du temps de la jeunesse,
n'était pas imaginable. La Noémie aimée dans
l'illusion d'avoir vingt ans pour l'éternité n'est
plus la capture d'une photographie entre mes
mains, mais la proie des flétrissures et de l'éro-
sion. Celle d'hier, immobile, est un masque so-
lennel pour celle d'aujourd'hui, pressentie pour
mourir.

Et après elle ?

D'autres jeunes femmes m'ont plu, à qui j'ai plu moi-même. J'éprouvai de la joie à les séduire et les collectionner. J'échangeai mes complexes juvéniles contre l'évidence, plus mûre, de la confiance en soi. Les choses ont fini par toujours bien se passer. Lorsqu'une d'entre elles était usée, je m'en allais en quérir une toute neuve. On en trouvait quantités dans le monde extérieur. De toutes les sortes et de toutes les couleurs. Avec toutes, j'ai gâché mes chances d'un avenir partagé.

Je ne comprends pas votre comportement.

Le scénario est inlassablement le même : je rencontre une femme, elle me plaît, j'en tombe amoureux. Dès lors, un monstre s'insinue en moi, et pénètre dans ce qu'il s'agit d'intituler le « couple ». Cette insidieuse créature, surgie de mes enfers, entend dévorer la moindre parcelle de bonheur qui viendrait à poindre. Chaque instant de félicité lui est comme une insulte jetée à la gueule. C'est alors que tout se détraque ; chez moi la fin se déclenche dès le début. La mort de l'amour commence à l'instant où il naît.

Vous n'avez jamais essayé la psychanalyse ?

Cela n'a pas marché. Je suis un naufragé de moi-même. Sans fin, misérablement, je barbote dans l'horreur de l'enfance. L'enfance ne m'est pas un paradis perdu, mais un enfer perpétuellement retrouvé. Je suis une machine à recycler de l'enfance. J'ai passé des années à parler des mauvais jours à un spécialiste. En vain : livré à ma nature, je recommence à salir ce qui est propre, à souiller ce qui est beau. Je suis un enlaidisseur de beauté. Je suis un gâcheur d'amour. Je suis un casseur de jeunesse et de fraîcheur. Toutes les superbes créatures qui m'ont approché sont reparties en miettes, ébréchées, cassées, traumatisées, défaites. Démembrées.

Alors que tout avait si bien commencé...

La rupture est inscrite dans mes amours comme un infarctus dans le myocarde. Je suis astreint à guetter la conclusion. Entre les premières heures et les dernières, je m'agite dans ce qu'on nomme l'amour, qui n'est qu'une transition affolée, immature, lascive et versicolore, entre le démarrage de l'aventure et son décès officiel. L'aplati quotidien des solitudes n'est guère bénéfique à l'être humain. Il s'agit de s'y soustraire en batifolant. Entre deux défaites terrassantes, je m'amuse. J'offre des fleurs et je formule des promesses. Je joue le jeu.

Que Dieu garde les femmes de vous...

Lorsque je rencontre une femme, ce n'est pas elle que je rencontre, mais une autre : celle que j'ai non seulement envie, mais besoin d'inventer. Je prononce des paroles, prodigieuses d'amour, à destination d'une créature créée de toutes pièces par ma folie. Cette folie consiste à ne jamais

75

s'apercevoir de la vérité des femmes qui me font face, leur substituant un mensonge qui me sied. Je me rends en terre d'enfance prélever les ingrédients nécessaires à cette construction et bâtis, indifférent à la personne réelle qui me parle et que je fais semblant d'écouter, une entité que j'installe dans l'autel de l'expression « je t'aime ». Cette expression m'a toujours fasciné : on ne précise jamais qui se cache derrière le « je » ni qui se dissimule sous le « t » apostrophe. Est-ce bien moi qui dis « je » ? Non : celui qui parle ici ne parle pas à la première personne ; il vient de se déguiser pour prononcer « je t'aime ». Il s'est travesti en quelqu'un qui séduit, en bâtisseur de rêve – ou de cauchemar. Celui qui dit « je » est l'homme névrosé qui vient, en maçon des profondeurs, bâtir le socle de la statue qu'il édifie au nom d'un grand, d'un immense malentendu.

Et le « tu » ?

Le « tu » est censé être l'autre, la femme aimée. C'est-à-dire la femme inventée, fantasmée, génétiquement modifiée pour venir épouser les angles, les anfractuosités, les déliés de la névrose d'en face, du désir d'à côté. L'autre, dans l'expression « je t'aime », est le réceptacle des missiles de l'enfance. Il est sommé de se lover dans l'alvéole qui lui est proposée, imposée, infligée : celle de mon enfance. Les êtres qui s'aiment, adultes à l'extérieur, matures dans les bureaux, mûrs pour toutes les tâches logistiques, administratives, sociales, économiques, sont de petits enfants perdus quand le couple se déploie. Ils ne sont que de petits corps lâches, friables, de minuscules choses, de fragiles têtards, une fois enfermés dans l'habitacle du couple. Cette asphyxie commune, où les mots de l'un ricochent sans arrêt, toujours hors sujet, sur le visage de l'autre, s'exprime étonnamment par des déclarations poétiques, des promesses vertigineuses, des professions de foi secouées de pathos.

Quelle atroce vision de l'amour...

Attention : la femme aimée, fabriquée, exerce sur moi une aberration symétrique. Je ne suis plus un homme libre : je suis un figurant qui joue dans un film que non seulement je ne pourrai jamais voir, mais qui ne me regarde pas. Je suis pris dans les rets d'un filet qui cherchait dans la nature quelque chose qui devait tôt ou tard s'incarner en quelqu'un. Une femme abandonnée cherchera, non sans panique, celui dont elle aura, greffant sur lui son traumatisme et en même temps l'illusion de son remède, la certitude qu'il sera constant, fixe, immuable et sécurisant. Elle ne cherche point tant un homme qu'un harnais ; point tant une passion qu'une gangue. Elle prospecte le contraire d'un homme qui part. L'amour, ici, a le visage d'un crucifix. L'« homme » ne doit plus jamais s'éloigner, ne jamais la laisser, et c'est cette « non-éloignicité » qui l'a fait le choisir.

Mais selon vous elle se trompe, n'est-ce pas ?

Nous ne sommes plus dans la romance, mais dans la pharmacopée. C'est un carnaval moche. L'un se voyant travesti une bonne fois pour toutes par l'autre, ce qui s'appelle l'« histoire d'amour » peut alors débuter, chacun ayant dans sa paume la paume d'un être fictif, sorti de son imagination délabrée. C'est ce qui m'arrive chaque fois. Sortir avec l'une de ces créatures, c'est sortir avec le prolongement de soi. On s'étonne ensuite, assez rapidement, que « quelque chose » ne fonctionne pas ; que des dissensions se fassent jour. C'est le contraire qui devrait nous surprendre : que, de temps en temps, nous puissions être en harmonie. Or, chaque instant d'harmonie, telle une éclipse, s'avère une coïncidence, un accident – un repos, une veille, un temps de paix provisoire, une aire d'autoroute.

Vous voyez tout en noir.

Je ne vois que des couleurs, mais qui ne se marient entre elles qu'en apparence. La rupture reste une malédiction. Je la réclame autant que je la déteste. Je la réclame parce que je la déteste ; je l'appelle parce que je la crains. Dans le fait de rompre, je me débarrasse de ce qui, dès la première minute, me hantait : ne plus la voir, ne plus partager mes pauvres heures avec celle que j'avais façonnée pour être aimée de moi, à défaut de ne m'être pas laissé façonner pour être aimé d'elle. Par à-coups, il m'arrive de m'écarter le plus possible de la fin de l'idylle. Je promets alors que je ne ferai plus rien qui mette le « couple » en danger ; je m'exécute, mais le pire se précipite sur la prochaine occasion et nous nous déchirons de nouveau, jusqu'à la déchirure fatale : la « rupture ».

*Comment se déroule ce processus de destruc-
tion lente ?*

Par l'injustice. Je feins de prendre mal un
certain nombre de choses – attitude, remarque,
phrase, mot venant de l'être aimé. Ou bien
je redouble de mauvaise foi en surjouant la
jalousie afin d'empoisonner la relation. Une
fois envenimée, celle-ci est vouée à l'échec,
puisqu'elle accumule les épisodes regrettables
et les situations désagréables dans lesquels les
souvenirs pourront puiser d'infinies possibili-
tés de « scènes de ménage ».

Comment vous sentez-vous, après une rupture ?

Je le répète : lorsque l'histoire débute, elle est
déjà terminée ; mais à l'instant où elle s'achève,
elle démarre enfin. Je l'ai dit à Emmanuelle
une fois que tout, entre nous, était irréversible
et consommé : « Je vais assurer la permanence
dans notre couple. » Sa réponse fut aussi cin-
glante que géniale : « Moi, la permanence, je

l'assurais quand nous étions ensemble. » Bien que conscient de la répétition de ces événements, avec les sempiternels mêmes morceaux de misérable bravoure dans les mêmes chapitres – aveuglément identiques d'année en année, d'être en être, d'âge en âge –, je reste encore et toujours le jouet de ce mécanisme qui broie. Les psychanalystes, que vous semblez tant apprécier, n'hésitent pas à parler de « jouissance » pour décrire un processus par lequel la bille dévale la montagne édifiée et se retrouve à son pied, isolée, perdue, folle de chagrin. Me retrouvant toujours dans cet état après une rupture, pour les psychanalystes, dès lors, je jouis.

Aimeriez-vous sortir de cette spirale ?

Bien sûr. Cet immuable synopsis me ronge chaque fois davantage. Je souffre plus intensément aujourd'hui qu'il y a vingt ans – ce qui n'est ni rassurant ni normal. J'aspire à plus de sérénité, de tranquillité, de « normalité » ; mais la normalité, c'est, mille fois hélas, ce que je suis en train de vous décrire depuis que nous avons commencé de nous entretenir. La normalité, c'est la sécrétion de ces bêtes qui paralysent le bonheur. Être normal, c'est ne pas être capable d'être heureux. L'exception, c'est de ne rien détruire, c'est de ne pas être son propre et pire ennemi. Il est vrai que ma souffrance, une fois installée, atteint des abîmes qui jouxtent la mort. Je souffre ainsi que des yeux qui fixeraient pendant des heures et sans cligner le soleil. Dans ces phases, rien ni personne ne saurait me venir en aide. Tout ce qui cherche à m'apaiser me brûle davantage ; chaque antidote m'achève plus encore.

Vous souffrez longtemps ?

Plusieurs mois, parfois plusieurs années. Deux choses libèrent définitivement du chagrin causé par une rupture : le temps et une nouvelle rencontre – un être neuf, une femme inédite. Quand j'évoque une nouvelle rencontre, j'entends une rencontre qui ressemble à celle qui, précédemment, m'a vidé de mon sang. Dans un premier temps, la rupture me soulage, me délivre, déclenche en moi une sorte d'euphorie. Je me sens non seulement libéré, mais libre. Dans un second temps, je commence à douter de ma décision. C'est alors que, déjeunant ou dînant avec des amis, je multiplie les théories visant à légitimer moralement et intellectuellement mon acte, me faisant le procureur de l'aimée, désormais bannie sur la seule foi de mon caprice : je sors de mon arsenal tous les arguments en sa défaveur. J'attends que de l'extérieur on entérine, voire applaudisse, ma décision. Recueillir un assentiment m'est un adoubement qui me calme quelques heures ; puis le doute revient me tarauder. Quant à ceux qui me contredisent, je leur donne, bien que combattant leurs arguments, secrètement et instantanément raison. Je sais qu'ils sont dans le vrai : les raisons qui déclenchèrent la rupture définitive sont évidemment de pacotille. Je me retrouve assassiné de toutes parts, découpé en lamelles. Rentré chez moi, je me tords de douleur. Je suis un sac de larmes.

Ce que je n'aime pas, chez vous, je vous le dis franchement, c'est qu'on a l'impression à vous entendre que toutes les femmes de votre vie sont interchangeables.

Elles le sont, puisque je réplique systématiquement un même mode de relation identique quelles que soient ces femmes. Le monstre intime, que je ne sais nommer mais que je vous décris depuis que nous avons entamé cette conversation, reste insensible à leurs différences et méprise leur variété. Pour lui, elles ne s'apparentent qu'à une succession de chairs fraîches. Il ne détecte pas les visages ; tous les parfums ne lui sont qu'une seule et même fragrance. Mais soustrait à ce monstre – aussitôt qu'il me laisse en paix, ce qui est toujours le cas en phase de séduction –, jamais je ne confonds les femmes que j'aime ou que je prétends aimer. Je les traite toutes de la même manière, une manière lamentable, mais ne les mélange pas, ne les réduis pas à une entité générique, sorte de marionnette conçue spécialement pour retourner son poignard contre mon cœur. Le mécanisme se révèle plus complexe : je me sers de leurs caractères, si fluctuants de l'une à l'autre, pour modifier les manières de me faire souffrir à travers elles – par elles. Cela me permet de faire varier les humiliations qu'elles m'infligent, les raclées qu'elles finissent tôt ou tard par me prodiguer. Changeant de femme, et les rendant toutes uniques, j'obtiens la garantie d'obtenir un nuancier de supplices. Chacune, une fois la relation entamée, porte en germe la correction sidérante qu'elle m'administrera. Dès que je me sens prêt à la recevoir, à faire tomber sur moi ces tonnes de tristesse et d'heures atroces, j'actionne le levier, provoquant morbidement une rupture qui n'a pas lieu d'être. Je gâche irréversiblement ma vie pour être certain que cette rupture sera la bonne, que j'entre bel et bien dans l'enfer auquel je me propose d'être invariablement voué.

Pourquoi désirez-vous tellement cet enfer ?

Toute notre vie, nous cherchons à collecter les hématomes du passé. Se retrouver en situation de supplice, telle est la passion, jusqu'à sa mort, de celui qui enfant s'est fait rouer de coups, a subi les outrages les plus abjects. Comme un drogué court après le manque, l'enfant battu, devenu ce qu'on appelle communément un « adulte », convoque à satiété la posture de victime. Mes « parents » – appelons-les ainsi pour simplifier – m'infligeaient de constants sévices : lacération à l'aide de rallonges électriques, coups de pied dans les côtes, coups de poing au visage. Sans omettre les tortures psychologiques : rabaissement systématique, menaces de mort perpétuelles – je me souviens de ma mère me poursuivant dans le salon avec un couteau de boucher, hurlant qu'elle me tuerait, que le plus beau jour de sa vie serait la vision de mon cercueil mis en terre. Je pourrais aussi vous narrer la façon dont on m'enfouissait le visage dans la cuve des toilettes ; ces fois où l'on me forçait à goûter mes propres excréments présentés dans une assiette ; ces épisodes, pénibles à décrire, où l'on m'en barbouillait le visage au milieu de rires tonitruants. Sans oublier mes poèmes volés, lus devant les invités dans le but de me faire honte ; mes débuts de roman brûlés ; mes pièces de théâtre déchirées ; mes dessins jetés aux ordures. Lorsque je préparais Sciences-Po, mes livres d'histoire furent confisqués puis détruits : il s'agissait de me faire échouer au concours. Je ne m'appesantirai pas sur les milliers d'occurrences où l'on me fit comprendre que, non content d'être le plus laid des enfants jamais conçus, j'étais en sus le moins intelligent. Ni sur les innombrables fois où tel de mes parents s'approchait de ma chambre à pas de loup, ouvrant brusquement la porte, dans le but de me surprendre en pleine séance d'hygiénique épilepsie.

Vous en parlez dans vos romans...

Avoir été frappé enfant a gâché toute ma vie, a souillé, a gangréné mon existence tout entière. Le rapport que j'ai aux femmes, à celles que j'aimerais tant aimer, mais que je préfère finalement éviscérer, trouve là une part de sa source. Mais je répugne à user de cette grille de lecture ; elle est mesquine. Qu'une corrélation existe, c'est inévitable. Cela n'éclaire ni n'excuse le gâchis.

Ainsi, l'amour n'existait pas dans votre famille.

Du matin au soir, à la maison, mes parents hurlaient – le plus souvent contre moi. Menaces de pension, de mise à la porte, de pointage à l'usine, d'inscription aux enfants de troupe ou en lycée professionnel, de m'ébouillanter, de m'empoisonner, *etc.* Une des plus grosses raclées que j'aie jamais reçues fut due à un éclat de rire que j'osai devant une comédie de Louis de Funès. Le mot « amour », longtemps, n'a eu aucun sens pour moi. Je reprends cette phrase de Breton : « L'amour, c'est lorsqu'on me donne de mes nouvelles. » À la vérité, je la trouve extraordinaire, ce qui est anormal. Elle devrait m'affliger : l'amour ne consiste pas à entendre parler de soi. C'est pourtant ce que je fais. Je suis autocentré ; je n'attends de l'être aimé qu'une seule et unique chose : qu'il devienne un spécialiste de moi, un exégète de ma personne, un sociologue de mes actes, un sémiologue de mes paroles. Je ne m'estime pas mais j'exige d'être au centre du processus, persuadé que ce qui m'arrive est plus important que ce qui advient à l'autre. Mes rhumes, je les déclare plus préoccupants qu'une tumeur chez la femme que je voudrais tellement pouvoir aimer.

Hélas…

Hélas, à ce jour, malgré toutes les tentatives des femmes – exceptionnelles, aimantes, intelligentes, fines, raffinées, belles, élégantes –, que j'ai eu la chance de rencontrer, je n'ai pu avoir accès à l'état de grâce amoureux. Une phrase de Guitry me hante, que je me souviens, un jour de fausse rupture, avoir lue à Emmanuelle. Elle dit en substance que qui croit en la vie peut en faire un inépuisable chef-d'œuvre. Je voudrais suivre cette pente. Sans doute n'est-elle pas la mienne.

Les choses peuvent changer.

J'ai toujours joui d'une chance insultante. Chaque fois que j'ai été enfermé dans un irré-pressible et insoluble chagrin, une femme mi-raculeuse est venue me sauver, prête à me faire confiance et à tout me donner. Il m'est arrivé par le passé de côtoyer plusieurs femmes en même temps, ne sachant laquelle « choisir », ne sachant de laquelle, exactement, j'étais « amoureux ». C'est là que je suis le plus vrai, le plus sincère et le plus proche de l'état amou-reux : dans l'hésitation.

Je suis étonné par votre masochisme. Si ce que vous révélez était un jour connu de tous, plus aucune femme ne viendrait vous donner quoi que ce soit.

On n'écrit pas pour séduire les femmes ; c'est une folie. Et si cela était un bon moteur, ce serait un mauvais calcul. Laissons les femmes en dehors des livres. Pourtant, là encore, je suis paradoxal : Emmanuelle n'a jamais pris en compte ma dimension littéraire – j'en ai souffert. Être écrivain détermine tout ce que je suis. Je ne me définis qu'ainsi dans mon rapport aux autres et au monde. Mon refuge face à la violence, c'est moi seul, mais moi seul perçu comme « écrivain ». Appelez ça une posture. Cette posture transforme ma fragilité en force.

Êtes-vous sadique ?

Le sadisme n'est que la rampe de lancement du masochisme. Mon sadisme originel n'est là que pour déclencher des représailles qui feront ma joie. Tout, je vous l'ai dit, se met en branle immédiatement pour que s'édifie ce chef-d'œuvre qu'est la rupture définitive, irrémissible, totale.

À laquelle vous ne croyez pas complètement…

J'y crois sur l'instant, j'y crois tant qu'elle perdure. Mais je sais tout également pourquoi les femmes, temporairement, me fuient : pour mon contraire. Bien que je me mésestime, je puis dresser la liste des quelques qualités que je m'octroie. Cette liste est courte, rassurez-vous. Je suis curieux, drôle et généreux. J'ajoute que je ne suis pas rancunier, mais c'est une qualité dont j'aurais préféré voir dotée celle qui s'éloigne. Je suis également créatif. Les défauts : jaloux, susceptible, impulsif, colérique, caractériel.

Emmanuelle est quand même en couple avec son professeur de yoga...

Avant moi, elle vivait avec un champion d'arts martiaux. Elle est ainsi retournée à ses dossiers, à son tropisme, à sa nature, à ses penchants. Elle a été ré-aimantée, c'était à prévoir, par mon pôle opposé. Elle a troqué Claudel, Paul contre Coelho, Paulo.

Vous arrive-t-il de penser à « eux », à Emmanuelle et « son » yogi ?

Dans le taxi, je me dis parfois que je suis assis sur une banquette où ils se sont assis, revenant de vacances, allant à l'opéra. Je m'attends à les voir surgir, main dans la main, à tel coin de rue... J'y songe parfois avec une certaine satisfaction. L'entropie, dans le couple comme dans l'univers, ne cesse de croître. Le chaos, toujours, l'emporte partout sur la paix. Tout couple, graduellement, se détraque. Ce qui devrait être un supplice est adouci par la conviction que les jours gris, immanquablement, viendront. Mais dans le cas d'Emmanuelle, la question du retour ne se posera probablement jamais. Cette éventualité n'est pas compatible avec son caractère. Lassée de son inénarrable yogi, épuisée d'ennui par l'éventail, malgré tout limité, des positions que l'élasticité du corps humain autorise, elle tirera une carte neuve, et ne reviendra pas s'ébrouer dans mes névroses. Quand bien même elle reviendrait, je serais moi-même passé à autre chose. Ce qu'il s'agit de faire entendre à celle qui ne veut plus de nous, c'est qu'après les mille gesticulations dont nous avons été capable pour tenter d'annuler la rupture définitive, nous avons *compris* le mal que nous avons fait. C'est de silence, après le bruit, qu'il faut être capable. Un silence pur, un silence de cosmos. Un silence sans la moindre trouée. Il s'agit parallèlement de leur faire boire notre successeur jusqu'à la lie, seule et unique chance qu'a notre souvenir, que les jours édulcorent, de s'immiscer de nouveau, en spectre lancinant, en perturbant visiteur, dans l'esprit de celle qui ne veut plus – jamais – nous revoir. Toujours violente quand elle est proférée, la vérité se distille ensuite par la douceur, prolongée par le temps, qui l'insinue dans les regrets, jusqu'à ce que ces regrets se changent en remords, et les remords, en miracle.

Tout est lamentablement calculé chez vous. C'est effrayant.

Ce sont les mots d'un homme désespéré. Ce sont les paroles d'un homme qui ne sait plus comment ne plus souffrir et tente de se suicider autrement qu'en mourant ; ce sont les phrases d'un homme qui se suicide à l'aveu.

Vous devez adorez La Chambre verte, *de Truffaut…*

Son meilleur film, avec *La Femme d'à-coté*. Le sujet est limpide : l'amour n'a pas besoin d'être vécu à deux pour être. Il y a une modalité de la relation amoureuse qui s'exprime dans la rupture comme dans la mort. Être séparés pour toujours reste une manière d'être ensemble à jamais. En ce moment, par exemple, je sens la force qu'exerce Emmanuelle sur moi. Cette puissance, elle l'assied sur une passivité infinie. Elle laisse faire ; surtout : elle me laisse faire, en pure perte pour moi, toutes ces choses que, du temps que nous étions ensemble, je n'avais jamais faites. Elle adorait les poèmes. Je ne lui en ai jamais écrit. Tandis qu'après la rupture, je lui en adressai un par jour pendant plusieurs semaines.

C'était trop tard…

Oui. Eussè-je envoyé des truites mortes, des morceaux de laitue, des tranches de jambon, que c'eût été du pareil au même. J'envoyais de la matière morte, de la marchandise périmée, un bonheur à retardement, des promesses faisandées, des avenirs avariés. Son actualité, c'est son gymnaste, c'est son contorsionniste, c'est son paulo-coelhiste, *rien d'autre*. On en revient là, à l'infini. Le dernier amant en date a toujours raison ; tel est le grand scandale de l'amour.

Arrogance du présent... C'est le « dernier en date » qui l'emporte, qui importe, qui jouit de ce dont nous avions joui avant lui, persuadés que la cime, c'était nous, que l'acmé, ce serait encore nous, que l'apogée de cette vie amoureuse – de cette vie tout court –, ce serait toujours nous.

C'est vrai. J'ai moi-même déjà éprouvé ce sentiment.

Et soudain, quand éloigné de ce diapason l'un des deux membres du couple – la femme qu'on aime – démissionne pour aller répliquer ailleurs cette interaction intime des cœurs, des âmes, des esprits et des corps, nous avons la sensation de prendre un parpaing sur la tête. Nous errons seul dans un monde qui n'existera plus que dans nos rêves. Rêver de la femme partie est horrible. Il ne s'agit pas de cauchemars, mais bel et bien de rêves. Le cauchemar, c'est lorsque nous nous réveillons, que nous nous apercevons que ce rêve n'était précisément qu'un rêve.

Vous allez si mal ?

Ce qui tue, perfore, c'est surtout de savoir que je ne compte plus : elle s'ébroue ailleurs, tournée vers des choses qui ne me concerne pas. Sa vie se déploie comme si je n'avais jamais existé. J'évolue jour et nuit dans une fiction poisseuse : celle d'un monde où nous sommes encore tous les deux. Cet ailleurs n'est animé et administré que par moi seul et à ma seule intention. N'importe qui, sur la planète, peut s'approcher d'elle et lui proposer du futur, des projets : moi, je ne le peux pas ; je suis le seul être humain vivant auquel l'accès à Emmanuelle est strictement interdit. Parce qu'elle sait à quoi s'attendre : ce vécu commun a été digéré, métabolisé. Le tour de manège a eu lieu ; elle ne désire plus jouer dans un film dont le scénario lui donne la nausée. Elle est écœurée : elle a trop bouffé de cette relation. Plus rien de moi ne saurait couler dans ses veines. Je me retrouve dans l'incapacité terrible de l'émouvoir de nouveau – ce que je prétends réaliser d'éclatant pour elle, lui dédier un livre et un film dans la même semaine, devient aussitôt pathétique.

La profondeur, la « grandeur » se ridiculisent depuis qu'elle n'a plus faim de moi, qu'elle est rassasiée de mon existence, de mon être. Elle n'aspire qu'à une seule chose, insensible à mes souffrances comme à mes joies – elle ne me veut ni mal, ni bien, j'ai été dissous à l'acide dans la rupture : n'être rien, n'être plus rien à mes yeux, ce, afin que je la laisse *tranquille*. « Maintenant, laisse-moi » ou « laisse-moi tranquille » sont des expressions qui surviennent dans la deuxième phase de la rupture, quand l'homme fissuré entend récupérer celle qu'il aime. Cet homme oublie qu'à l'instar des toxicomanes il ne recherche, je l'ai dit, que la situation du manque, seule capable de lui prodiguer l'extase de la douleur maximale.

Lucide.

Cette femme, que j'ai quelque peu négligée, regardée de haut, qui m'a parfois exaspéré, que je me suis juré mille fois de quitter, c'est elle qui a la main, maintenant. Je lui ai octroyé sur ma personne un droit de vie et de mort. Je ne suis plus entre ses mains qu'un pantin démantibulé. Et c'est moi qui suis à terre. Et c'est moi qui suis à genoux. Cette femme dont je fus le héros – « tu étais mon roi » –, voilà qu'elle me considère aujourd'hui comme un ectoplasme, un *rien*. Ne plus souffrir consisterait à se confondre avec ce rien, se déguiser une bonne fois pour toutes en ce rien et, se sentant si horriblement rabaissé, anéanti, réduit en cendres, se dire que cela va trop loin, qu'aucun être vivant – même moi – ne peut subir un tel châtiment. Personne n'a le droit de me faire cela ; mais, l'affirmant, j'oublie le point fondamental : Emmanuelle n'est pour rien dans les tortures que je subis chaque seconde depuis que je ne la vois plus. La rupture est une destruction de soi par soi – par le truchement de l'autre. Triste à mourir, abattu sur ma moquette, le nez dans les acariens, reniflant comme un maudit, pleurant sur mon sort – une de mes activités favorites –, je m'interdis d'avenir. Me voilà rétif à toute perspective. Je deviens l'ennemi des ouvertures. Je suis un compas fermé. Je contre-existe. Je contre-vis. Je contre-respire. Mon cœur contre-bat. Je comprends, fou de

tristesse et de mélancolie, que j'ai tout détruit.
Non pour faire du mal à l'autre, mais pour que
l'autre, à son tour, me fasse du mal.

Votre vie doit être horrible à vivre.

L'enfer, ce n'est jamais les autres ; c'est soi.
Enfermé dans la prison que je forme, je tourne
en rond en moi, perpétuellement assailli par
les coups que j'attends qu'on me donne en
représailles de ce que j'ai fait subir. Plutôt que
de vivre de belles choses, en bord de mer, la
femme de ma vie me ceignant sur un scoo-
ter de location, je suis barricadé chez moi à
écrire sur les désastres de l'amour. Telle est
mon existence : un moine cloîtré dans sa cellule
remâchant des instants évanouis. Le bonheur
habite dans le passé et quand il était du présent
je ne me doutais pas qu'il était du bonheur :
il était une promesse de souffrance pour plus
tard. Lorsqu'Emmanuelle, dans un livre que
je lisais avec elle sur la plage à Capri, dessina
des cœurs sur plusieurs pages de l'ouvrage,

une douleur aiguë m'étreignit : je savais que ces petits cœurs amoureux, quand elle ne serait plus avec moi, deviendraient les signatures d'un bonheur brisé. Lorsque désormais j'ouvre ce livre, à Paris, ces petits dessins me sautent à la figure, et me mordent comme des chiens.

Enfant, étiez-vous déjà ainsi ?

L'année 1976 – j'avais huit ans –, nous allâmes, avec mes « parents » en Algarve. C'était un village de vacances pour prolétaires, dont les petits bourgeois radins pouvaient profiter en étant malins. J'avais désigné, sans qu'elle le sût, une petite fille blonde, mouchetée de confettis sur la joue. Elle sortait de l'eau comme une lumière ; j'eusse aimé lécher sa peau, le chlore qui ruisselait sur sa joue. Elle était en bikini bien que, du même âge que moi, elle ne possédât pas la moindre poitrine. Tous les enfants se valent en seins. Je l'avais baptisée « mon amoureuse », puisque ma timidité, ma frousse, tous les complexes qu'avait consolidés mes tortionnaires en moi m'interdisaient d'exister face à elle. Elle irradiait, et quand elle marchait, s'amusait avec d'autres que moi, un silence effaçait le monde. J'entrais dans sa vie, invisible et têtu, et nous étions heureux. À son insu, par l'imagination, je lui prenais la main dans le noir, plongé chaque nuit, sur mon petit lit, dans la tristesse de son absence et la joie que me procurait notre faramineuse histoire. Nous étions deux, mais elle l'ignorait ; nous étions ensemble, mais dans une spéculation solitaire qui n'appartenait qu'à ma folie, à mon chagrin, à ma paralysie extatique et morbide. J'étais empêché ; elle me faisait souffrir d'une souffrance qu'elle ne provoquait pas. Tous ses gestes m'appartenaient, et je les connaissais mieux qu'elle, qui, aussitôt qu'elle les effectuait, les oubliait ; elle était dans la mécanique de l'instant, elle vivait. Vivre signifie qu'on efface ce que nous venons de vivre. Je collectionnais ce qui s'évapore ; je me remémorais la trace de ces pas, encore liquides, sur le carrelage du rebord. Et le soir, quand le soleil devenait cette boule orange qui donne envie de vivre vieux, je plongeais là où elle avait plongé. Mon cœur battait. C'était une histoire d'amour ; on ne se quitterait plus.

C'est ce qui est arrivé, puisque quarante-deux ans après, je vous parle de ce fantôme qui, sans jamais m'avoir adressé un seul regard, est penché sur mon épaule. Ses parents, je les eusse volontiers épousés avec elle, dans la même nasse de bonheur définitif. Et pour lui montrer – mais elle n'était plus là, elle devait dormir – que j'étais le seul héros de ma génération, j'effectuais, sous l'eau, des traversées de bassin sans respirer. Cet exploit, indevinable depuis son cosmos, n'était peut-être pas vain : je me persuadais qu'un magicien, ou quelque esprit malin, irait lui chanter ma prouesse, l'avertissant du même coup de ma pauvre présence sur terre. La nuit, je tenais mon amoureuse entre mes mains, elle tenait dans ma paume ; je la faisais rouler. Parfois, je la mettais dans ma bouche et je la mâchais. Chaque matin, je la retrouvais ; et j'eusse préféré me faire couper la tête que de lui montrer le moindre signe d'intérêt si, par accident, elle avait regardé dans ma direction. Lui plaire était exclu ; car l'approcher, comme on voudrait caresser un arc-en-ciel, n'était possible que pour quelqu'un qui n'eût pas été moi. J'étais baigné dans la malédiction de l'empêchement. Je n'ai jamais osé aborder les filles. J'ai toujours attendu, jusqu'à la tombée de toutes les nuits, prenant le risque de regarder seul mon tombeau, avec une seule place entre les lattes : celle d'une solitude irréductible et fatiguée. Un univers bleuté, en attendant, me servait de bonheur : nous habitions elle et moi dans cette piscine, jusqu'à la mort des étoiles. Un jour, en jouant avec une bouée, elle s'était écorchée. Son petit sang s'était répandu dans le bassin, colorant l'eau comme une joue. Je plongeai aussitôt, en vampire aquatique, pour goûter, pour boire ce qui, chez les autres, m'eût fait m'évanouir mais qui, chez elle, parce que provenant de son être, de son être diaphane et miraculeux, me donnait soif. Des adultes firent évacuer le bassin pendant quelques minutes. On ne me laisserait pas barboter au royaume de sa griffure, dans la capitale chlorée de ses cris adorables. Le soir, je lui écrivis un poème agrémenté d'un dessin – je n'ai pas changé : quand les précipices se forment sous mes pas, qu'une femme me délaisse, qu'un amour me lacère les viscères et broie ce qui me reste de cœur, je passe des centaines d'heures, chez moi, entre deux sanglots morfondus, à bâtir des cathédrales inutiles, en prose, en vers ou en croquis, pour tenter – c'est presque toujours vain – de faire revenir vers moi celle qui, pénétrée par un autre, jouit mêmement, avec de similaires vagissements et des sueurs analogues. Je reste seul, planté en moi, isolé des soleils, quand elle se continue et se perpétue auprès d'un concurrent ; et je deviens l'imposteur, et je deviens le souvenir. Et le souvenir s'efface pour n'être plus qu'un point géométrique à l'horizon.

Ensuite ?

J'attendis le lendemain, et le lendemain elle riait ainsi que la veille, agrémentée d'un pansement ; elle avait occulté le drame, moi pas. Et lorsque je tentai de faire quelques pas dans sa direction, tremblant comme un chien qui comprend que son maître va le rouer de coups de pied, son père l'appela pour le goûter. Cette intervention me coupa les jambes ; même si, sans doute, j'eusse trouvé en chemin quelque autre prétexte pour bifurquer et raturer ma décision d'être courageux. Le dessin, le poème se retrouvèrent dans notre bungalow le soir même, ridicules, nettoyés de leur contexte, privés de leur occasion, coupés de leur aubaine ; je ne pourrais jamais plus les donner en offrande à mon amoureuse. Une de mes lectures favorites, alors, était une histoire de Charles M. Schulz intitulée « Charlie Brown et la petite fille rousse ». C'était strictement mon aventure qui y était relatée ; si bien que je ne savais pas si l'on pouvait parler de coïncidence, ou si au contraire je me servais de la mésaventure de Charlie Brown comme d'un canevas. Il n'osait pas dire à la « petite fille rousse » que son cœur battait pour elle ; mais à la fin, il vainquait. Moi, je restais cloîtré dans ma cellule. J'étais condamné à continuer à l'inventer, à lui prêter des intentions, à être le ventriloque de ses rêves. Cette mélancolie est proche de la folie – j'avoue que j'étais fou ; et je le suis resté.

Composition et mise en pages
Nord Compo à Villeneuve-d'Ascq

Cet ouvrage a été imprimé par
Laballery
pour le compte des Éditions Grasset
en janvier 2019

PAPIER À BASE DE
FIBRES CERTIFIÉES

Grasset s'engage pour
l'environnement en réduisant
l'empreinte carbone de ses livres.
Celle de cet exemplaire est de :
550 g éq. CO$_2$
Rendez-vous sur
www.grasset-durable.fr

N° d'édition : 20843 – N° d'impression : 901305
Dépôt légal : janvier 2019
Imprimé en France